LETTRES

DE

LANNEMEZAN

 Par ALIF.

———

CAMP DE LANNEMEZAN : 1868.

AUCH

IMPRIMERIE ET LITHOGRAPHIE FÉLIX FOIX, RUE BALGUERIE.

—

1868

Ces lettres adressées au Rédacteur en chef du journal *Le Gers*, à Auch, étaient en réalité destinées par leur auteur aux lecteurs de cette feuille. En les publiant aujourd'hui sous la forme d'une brochure, on s'est abstenu d'y apporter aucun changement, afin de leur laisser leur caractère primitif de correspondance intime.

Le tirage de cette brochure a lieu à un petit nombre d'exemplaires, que l'auteur se réserve de distribuer lui-même; c'est dire qu'elle ne sera pas mise dans le commerce.

(*Note de l'éditeur.*)

LETTRES DE LANNEMEZAN.

I.

21 juillet 1868.

Ainsi que vous en exprimiez le désir, mon cher ami, dans les quelques mots aimables que vous m'adressiez à titre de remerciement au bas de ma dernière chronique théâtrale, je n'ai pas dit mon dernier mot dans les colonnes de votre estimable feuille. Que voulez-vous, on se trouve là en si bonne et spirituelle compagnie qu'il est tout naturel d'y revenir.

Je vais donc reprendre ma modeste plume de chroniqueur à l'intention de vos lecteurs qui ont bien voulu accueillir avec indulgence et sympathie mes premiers griffonnages; seulement cette fois, ce n'est pas dans un espace de cent mètres carrés

que se dérouleront les scènes que j'essaierai de vous raconter.
Il ne s'agit plus d'assister au défilé des amours de boudoir
ou de restaurant, des mesquines orgies de *petits crevés*, des
rendez-vous de bandits dans une taverne fumeuse; non,
mes acteurs se comptent par milliers et ils font ce que j'ap-
pellerai les répétitions générales de l'un de ces grands dra-
mes qui se jouent de temps à autre dans l'histoire des peu-
ples et dont la chute ou le succès a parfois pour résultat la
grandeur ou la ruine d'une nation.

Voilà un bien long préambule pour arriver à vous parler
du camp de Lannemezan d'où je vous écris sur mes genoux
(ceci soit dit pour excuser l'irrégularité de ma calligraphie),
sous une large tente, chauffée à la température des bains de
vapeur, atmosphère bien préférable encore à la pluie d'orage qui vient de tomber pendant trois soirées consécutives
avec une abondance vraiment exagérée; vous comprenez
que, dans ces moments, notre vie privée n'étant abritée que
par une faible toile qui semble avoir pour mission de filtrer
le plus clair de l'eau du ciel, comme dans d'autres conditions elle réussit merveilleusement à condenser les rayons
solaires, il en résulte que lorsqu'il pleut on aimerait presque autant être à pincer de la guitare sous une gout-
tière que de rester blotti sous sa couverture humide;
au moins dans le premier cas aurait-on la chance de se trouver *seul*, tandis qu'ici quand l'eau tombe à torrents, on
reçoit la visite d'une foule de petites bêtes telles que fourmis,
araignées, pucerons, mouches, etc., qui semblent surgir de
terre et viennent jusque sur les parties les plus sacrées de
votre individu faire des cabrioles indiscrètes et des steeple-
chase insensés. Mon Dieu, en ce qui me concerne plus par-
ticulièrement, je leur sais bon gré, sans doute, de me montrer autant de sympathie et de m'accueillir avec une aussi
franche cordialité dans leur domaine, mais je ne puis m'empêcher au fond de les trouver importunes et, — voyez où
peut conduire l'ingratitude du cœur humain! — j'ai été, dans
des accès de mauvaise humeur, jusqu'à désirer de les voir
fuir mon intérieur et à leur préférer de beaucoup dans mes
souhaits fantaisistes la visite d'un de ces... êtres charmants
en apparence, faits à l'image d'Eve, et qui cependant, sont,

paraît-il, fort dangereux, si on en croit ce qu'un naturaliste contemporain, M. Alexandre Dumas fils, écrivait dernièrement sur leur compte.

Il ne faut pourtant pas dire trop de mal de nos maisons improvisées qu'on voyait, il y a quelques jours, entassées par centaines dans les magasins du campement. Taillées en forme conique, ayant cinq mètres de diamètre à leur base, étayées par un énorme pieu au centre qui supporte, en outre, deux larges rondelles servant d'étagères pour déposer et suspendre les différents effets, elles sont fortement fixées au sol par vingt-cinq cordes attachées à des piquets; sur deux faces, un des pans se relève en forme de porte et fait un auvent soutenu par deux bâtons; ces ouvertures, bien entendu, se ferment à volonté. Chaque tente est habitée par huit hommes de troupe, ou par un ou deux officiers au plus. Elles sont assez larges pour avoir une aération suffisante pendant la nuit et contenir les effets qui constituent le faible bagage de chacun.

En arrivant par la route d'Auch à Arreau, à deux cents mètres plus loin que l'endroit appelé la *Demi-Lune*, l'œil embrasse une immense plaine verdoyante, bordée de tous côtés par de grands chênes au feuillage sombre à travers lesquels on voit poindre la flèche aiguë du clocher de Pinas, et les toits en mansarde couverts d'ardoises de quelques riches métairies.

Cette plaine, où poussent des bruyères, des ajoncs, des fougères et autres menues plantes, est coupée dans le tiers de sa longueur par la route sus-indiquée qui se dirige du nord-est au sud-ouest et par le Gers qui roule ses flots encore limpides et presque impétueux en s'échappant, comme un enfant terrible, de son paisible berceau situé dans un petit étang de quinze mètres de côté, placé comme le bassin d'une fontaine de place publique, au beau milieu du plateau de Lannemezan.

Le chemin de fer de Toulouse à Tarbes traverse le plateau obliquement dans sa largeur et fait un angle obtus avec la route d'Auch.

Dans le fond de la plaine, derrière le premier plan formé par les massifs de grands arbres, on voit se profiler sur l'horizon, en le découpant irrégulièrement, la masse gigantesque des Pyrénées qui, selon l'expression poétique de M. Mermet dans *Roland à Roncevaux*,

« ..... Dressent vers le ciel
» Leurs cimes couronnées
» D'un hiver éternel. »

On peut difficilement voir un tableau plus splendide, offrant des contrastes plus frappants : ici la plaine vaste, presque nue, quelque chose comme la nature vierge au repos; à côté, une végétation riche et abondante avec le toit qui fume et le laboureur qui trace son sillon; plus loin la vieillesse aride, mais imposante, d'une nature grandiose, froide, desséchée, tourmentée, avec de rares cheveux blancs semés çà et là sur son crâne anguleux.

C'est dans cette plaine luxuriante de verdure, qui est sans contredit le plus beau site du plateau de Lannemezan que se trouve installé le camp qui porte ce nom; il se révèle à l'œil du voyageur par de longues files de points blancs qui se projettent sur la plaine solitaire.

En suivant la route, on rencontre d'abord le campement du 1er hussards, placé entre la route et le Gers, à quarante mètres environ de ces deux lignes; on reconnaît facilement ce régiment en voyant s'agiter et se dresser les têtes de ses jolis chevaux arabes, dès qu'un animal de même espèce qu'eux et d'un sexe différent passe à proximité. L'enfant du désert, — et c'est là son excuse, — n'a pas encore plié sa nature un peu sauvage aux raffinements et aux dissimulations de la vie civilisée de nos cités.

Dans une direction parallèle, à une distance d'environ six cents mètres, sur l'autre rive du Gers, se développent jusqu'au chemin de fer le 10e chasseurs et le 8e lanciers.

Après avoir dépassé la ligne ferrée, l'emplacement occupé par les troupes devient beaucoup plus irrégulier; il suit le plateau qui tourne brusquement vers l'ouest. Presque sur le prolongement de la ligne des lanciers se trouvent le 72e et le 77e régiment d'infanterie.

Sur la droite de la route, en se dirigeant vers Lannemezan, sont établis le 52e et le 17e régiment de ligne, ayant à leur gauche le génie et tout à fait en arrière, près de Lannemezan, l'artillerie, le train et l'administration dont les divers services sont placés près de la gare; cette partie offre, comme objet curieux à visiter, les fours de campagne qui peuvent fournir largement les rations de pain nécessaires pour la consommation quotidienne des troupes.

Le côté droit de la route d'Auch à Arreau est abandonné aux divers industriels qui ont élevé une longue file de baraques où l'on vend toutes sortes de choses qui ne sont pas absolument indispensables à l'existence, telles que liqueurs, tabac, etc., et où l'on rencontre même des cigales de café chantant qui attirent chaque soir de nombreux admirateurs de leurs charmes surannés et de leurs talents un peu contestables; mais la jeunesse aux aspirations exubérantes trouve là prétexte à faire du tapage en tenant joyeux propos, et il faut bien tuer l'ennui.

Je vous raconterai prochainement la manière de vivre et l'emploi des journées dans le camp; mais, pour aujourd'hui, je vais terminer cette lettre, déjà trop longue, en vous retraçant la solennelle et imposante cérémonie qui a eu lieu dimanche matin.

En arrivant au point où la route d'Auch descend brusquement du plateau jusqu'au ravissant village de Labarthe, placé à l'entrée de la vallée de la Neste, sur la droite, s'étend un vaste emplacement qui doit servir de champ de manœuvre aux troupes de toutes armes pour les manœuvres d'ensemble qui seront exécutées tous les mardis et vendredis dans l'après-midi; à environ six cents mètres de la route le sol légèrement ondulé forme un petit monticule sur lequel est élevé l'autel agreste qui servira chaque dimanche pour la célébration de la messe. Rien de plus simple et de plus primitif : un tertre en gazon, quelques planches recouvertes d'un tapis, un dôme, — fait d'une toile de tente, — orné de guirlandes de feuillage avec quelques drapeaux réunis en faisceaux aux quatre côtés, et le tout dominé par une croix de bois recouverte de mousse. C'est ainsi que se trouvent représentés sous une forme simple, mais complète, les deux grands symboles qui résument tout ce que nous avons appris à aimer et à vénérer dès notre enfance: la croix du Rédempteur et l'étendard aux trois couleurs de la France impériale, l'amour de la patrie et la croyance en Dieu!....

Dès sept heures et demie, toutes les troupes en grande tenue étaient rangées en face de l'autel, près duquel se tenait le général en chef avec son état-major. L'infanterie formait une première ligne; derrière était l'artillerie et enfin sur trois lignes parallèles venaient les hussards, les chasseurs et les lanciers en bataille par régiment. Tous ces brillants uniformes aux couleurs différentes, qui se détachaient vivement sur le fond vert de la plaine, ces armes qui resplendissaient sous les rayons d'un beau soleil offraient aux nombreux spectateurs un coup d'œil grandiose.

Au moment de l'élévation, annoncée par trois coups de canon, quand Mgr Laurence, le vénérable évêque de Tarbes qui officiait, a élevé vers le ciel ses mains tremblantes, il y a eu un de ces instants de majestueuse grandeur pendant lesquels on ressent une émotion puissante qui se grave à tout jamais dans le souvenir.

Après la messe, M. le général de Lorencez a passé devant le front des régiments en adressant à chacun des corps d'officiers qui lui étaient présentés quelques paroles d'une éloquente simplicité dans lesquelles se réflétaient les qualités d'une haute intelligence et les impulsions d'un noble cœur.

Toutes les troupes, par des mouvements rapides, se sont ensuite massées sur une seule colonne et ont défilé aux sons de leurs musiques respectives. La cavalerie a défilé au trot par escadron avec un ensemble qui a émerveillé l'immense foule accourue de tous les pays environnants, afin d'assister à ce spectacle aussi attrayant que nouveau pour les paisibles habitants de la Bigorre tout entière qui n'avaient jamais vu si belle fête.

II.

28 juillet 1868.

Je vous ai promis de vous raconter, mon cher ami, comment se passe la vie au camp; je vais essayer de tenir ma promesse en restant, bien entendu, dans les généralités, car je respecte trop les lois de mon pays pour avoir déjà oublié qu'il n'est pas permis — et cela est fort heureux — de regarder dans la vie privée des individus, quelque transparent que soit le mur, ainsi que je vous le disais dans ma précédente lettre, qui dérobe ici notre existence intime aux regards du public.

D'ailleurs, la morale aurait-elle à gagner à ces révélations? On peut parier pour et contre. Oh! je sais bien que si on trouvait des petits scandales à jeter aux lecteurs, beaucoup d'écrivains ne laisseraient pas échapper une aussi belle occasion de grossir leur chronique; mais n'y a-t-il donc plus de véritables succès que ceux qui s'obtiennent au détriment des convictions sincères et des sentiments honnêtes? Vous êtes bien de mon avis pour croire le contraire.

Du reste, tout le monde, ou à peu près, pense que si la chasteté était bannie du monde elle ne viendrait pas chercher un asile dans les camps; après ça, qui sait si elle n'y trouverait pas plus d'un abri hospitalier; il suffit pour s'en convaincre de lire dans l'histoire ancienne l'épisode d'Alexandre-le-Grand avec les filles de Darius, et celui de Scipion l'Africain avec la femme de son ennemi vaincu. On trouve beaucoup plus près de nous des exemples semblables que je ne citerai pas pour ne point blesser la modestie de mes contemporains.

Et puis, dans la discussion récente de la loi sur la réorganisation de l'armée, les orateurs de l'opposition lui ont tellement reproché d'être une des causes qui arrêtent l'accroissement de la population, qu'il faut bien arriver à croire que messieurs les militaires vivent plus chastement qu'on ne semble le supposer.

Mais, me voici bien loin déjà du *tableau de travail;* c'est ainsi qu'on nomme *l'ordre,* au moyen duquel est réglé l'emploi des heures de travail dans cette partie de la société humaine qui est soumise à la discipline militaire.

A cinq heures du matin un coup de canon annonce que les instants consacrés au repos sont écoulés; aussitôt les trompettes, tambours et clairons de chaque régiment sonnent le réveil de telle façon qu'il faut avoir le sommeil bien dur pour ne pas sortir les bras de dessous la couverture et maugréer contre les voix, désagréables en ce moment, de ces divers instruments.

De tous côtés les tentes s'ouvrent; la troupe prend le café fumant préparé par des camarades matineux.

Après avoir absorbé cette boisson essentiellement hygiénique et réconfortante, chacun se prépare aux exercices qui sont exécutés de 6 heures à 8 heures. Pendant trois jours de la semaine, chaque arme est exercée séparément. L'artillerie et l'infanterie font spécialement des études sur le tir avec leurs nouvelles armes et la cavalerie s'exerce, par une progression lente, à fournir ces charges brillantes et à exécuter ces mouvements rapides qui constituent ses succès dans les petites guerres ou manœuvres d'ensemble.

Ces petites guerres ont lieu deux fois par semaine et le dimanche toutes les troupes du camp assistent à la messe; le samedi seulement on n'a pas exercice, ce jour étant plus exclusivement employé au nettoyage des hommes et des effets.

Les manœuvres terminées on rentre dans les campements respectifs; en attendant l'heure du déjeuner on donne des soins aux chevaux et on astique les fusils noircis par une poudre inoffensive.

A 10 heures, déjeuner pour tout le monde, officiers et soldats; tandis que ceux-là se réunissent dans les baraques en bois plus ou moins confortables que chaque corps d'officiers a fait construire pour se garantir contre le plus fort des intempéries de l'atmosphère pendant la réfection, ceux-ci se groupent par tribus de six à huit autour d'une large gamelle qui, grâce à la sollicitude de l'Empereur et à la surveillance des chefs à tous les degrés, contient une soupe au fumet très-appétissant pour des estomacs qui ne sont point blasés par les raffinements de la cuisine des Frères Provençaux; aussi, comme ces repas sont gais et comme les indigestions sont rares !

Jusqu'à midi, tous les services sont suspendus; on peut faire une petite sieste, bien nécessaire par ce temps de chaleur caniculaire.

Après cette heure, on vaque dans chaque corps aux différents travaux d'intérieur, tels que corvées de propreté, distribution des vivres et fourrages, etc. Ceci terminé, chaque homme est à peu près libre de disposer de son temps, sauf toutefois dans la cavalerie, où le pansage des chevaux se fait de 3 à 4 heures, sans compter qu'il faut nettoyer les effets de toute nature ayant servi le matin : équipement, harnachement, habillement et armement. Comme vous le voyez, si le cavalier a le plaisir de caracoler sur son cheval pendant que le fantassin soulève la poussière avec ses guêtres, il paie assez cher cet agrément par les nombreux travaux que nécessitent le cheval et ses nombreux accessoires.

A 5 heures, le dîner, dont le menu est invariablement le même que celui du déjeuner.

A 5 heures et demie, tous les hommes, prenant les différents services de garde, patrouilles, rondes, grand'gardes, sont réunis et inspectés par un adjudant-major et se rendent, après le défilé, à leurs postes respectifs.

On commence seulement alors à goûter un peu de repos; on rit, on joue au loto; les troupiers qui ont de l'argent vont

MM. les généraux de Lorencez, commandant en chef, et Brahaut, commandant la cavalerie, qui examinaient l'ensemble de l'opération, commençaient à froncer le sourcil en ne voyant pas paraître dans le lointain le 1er de hussards dont la diversion était très-utile; mais grande fut la surprise, lorsque tout à coup on vit les deux premiers escadrons de ce régiment vigoureusement conduits par son colonel, M. le prince de Bauffremont, — qui avait su, par une marche très-habile, dissimuler son approche dans les ondulations du terrain, — charger l'infanterie qui, distante à peine de deux cents mètres, n'avait pas, malgré la rapidité de son tir, le temps d'opposer une résistance suffisante pour empêcher le succès de la charge, si elle n'eût point été un jeu. Tous les assistants ne purent s'empêcher d'applaudir de la manière la plus flatteuse. — Ces deux escadrons se repliaient et trois pièces de canon accourues au secours de l'infanterie allaient les mitrailler impunément, lorsque les deux derniers escadrons, commandés par M. le lieutenant-colonel de Séréville, apparurent en colonne et fournirent des charges successives par pelotons, d'abord en fourrageurs, contre l'artillerie qu'on eût sabrée sur ses pièces sans qu'elle eût les moyens de se défendre, et enfin par des charges en ligne dirigées contre les compagnies d'infanterie qui arrivaient en hâte pour défendre leur artillerie.

C'était plaisir de voir ces petits chevaux arabes, à l'instinct belliqueux, si je puis m'exprimer ainsi, passer comme un ouragan à travers l'espace.

Les généraux, ainsi que les nombreux spectateurs civils et militaires, témoins de cette phase brillante du combat, criaient bravo et battaient des mains, ces derniers avec un enthousiasme qui n'était pas de commande.

La cavalerie venait de prouver d'une manière péremptoire que, conduite par des chefs intelligents qui savent en tirer parti, elle peut encore rendre de grands services et qu'elle a son utilité incontestable dans la tactique moderne, malgré les immenses progrès des armes à feu.

Il est bien entendu cependant que, conformément au programme, le 1er de hussards, jouant le rôle ingrat de l'ennemi, chargé successivement par les lanciers et les chasseurs, a dû

se retirer avec les honneurs de la défaite, malgré les grogne-
ments de quelques vieilles moustaches qui s'agitaient furieu-
ses d'avoir été arrêtées dans leur triomphe; on a même
pu voir un vigoureux cavalier rester seul, après le ralliement
de son peloton, auprès d'une pièce d'artillerie qu'il s'imagi-
nait sérieusement avoir prise.

Ce soir vainqueurs et vaincus fraterniseront ensemble;
puisse-t-il en être ainsi jusqu'à la consommation des siècles!

III.

11 août 1868.

Les travaux nécessités par une première installation au
camp étant-terminés, on a commencé les ouvrages de pure
fantaisie. Après l'utile vient l'agréable.

On ne trouve point ici les nombreuses et remarquables
œuvres d'art qui se rencontrent presqu'au bout de chaque
rue dans le camp de Châlons; mais si le sol du plateau de
Lannemezan ne fournit pas, comme les plaines qu'arrose la
Marne, ces blocs de craie qui semblent appeler le ciseau du
sculpteur, il se prête parfaitement au coup de râteau du jar-
dinier; aussi, voit-on de toutes parts, le soir aux heures de
loisir, de véritables soldats laboureurs qui, la pioche et la
pelle à la main, fouillent et retournent la terre noire pour
créer dans les espaces vides autour de chaque tente de petits
jardinets aux dessins capricieux.

Les jolies filles d'Eve que la curiosité amène souvent au
milieu de nous s'empressent de formuler des éloges sur la

manière élégante et vraiment coquette avec laquelle sont parés les coins de terre, hier encore incultes.

Tout cela semble leur dire : « Mais, belles dames, c'est
parce que nous espérions que vos pieds mignons viendraient
fouler nos sentiers poudreux que nous les avons embellis, afin
que le cadre ne se montrât pas trop indigne du tableau. Sou-
riez à ces petites tiges vertes qui commencent à naître, ti-
mides et faibles sous le soleil ardent qui les brûle, et prêtez
attentivement votre oreille rose pour les entendre vous dire
tout bas « que le soldat français du xixe siècle est resté, malgré de nombreuses transformations, le descendant direct des
chevaliers du moyen-âge, auxquels il ne le cède ni en bravoure ni en galanterie. »

Beaucoup d'étrangers continuent à sillonner journelle-
ment les routes qui traversent le camp. Les jours de grandes
manœuvres surtout, les colonnes sont suivies par des groupes de curieux que transportent des voitures de toutes for-
mes et de toutes dimensions, depuis la calèche aristocratique
jusqu'au char-à-bancs du campagnard aisé, en passant par
le fiacre démocratique.

Les femmes sont toujours en très-grand nombre, et ce ne
sont pas elles les moins ardentes à nous suivre dans nos évo-
lutions rapides; leur imagination vive et impressionnable
leur peint avec plus de force les différentes phases de ces simulacres de batailles; on sent qu'elles sont toutes de la patrie de Jeanne-d'Arc !

Messieurs les ecclésiastiques fournissent également une
large part dans le contingent des visiteurs; j'en ai remarqué
un notamment, vêtu avec une simplicité frisant la pauvreté
des premiers apôtres, et portant une longue barbe inculte, qui
suit avec assiduité toutes nos grandes manœuvres; quand le
canon gronde avec fureur, que les chassepots des bataillons
faisant des feux continus roulent comme un tonnerre inces-
sant, quand la cavalerie passe échevelée et rapide à travers
la plaine, l'œil atone du brave curé s'illumine de fauves
lueurs, sa main droite se crispe sur son bâton noueux; on
devine facilement que cet homme de paix avait les instincts
de l'homme de guerre et que sous cette vieille soutane usée
bat avec force un cœur essentiellement français.

Je reviens à nos visiteuses pour vous raconter une anecdote qui m'a paru, sinon très-drôle, au moins originale. Tout
dernièrement je flânais en bavardant et fumant une cigarette
dans la tente d'un de mes amis, lorsque deux jeunes filles
d'environ une vingtaine d'années, accompagnées par un jeu-
ne homme, frère de l'une d'elles, apparurent près de la por-
tière relevée et plongèrent un regard curieux dans l'intérieur;
nous les invitâmes à entrer, ce qu'elles acceptèrent sans dif-
ficulté. La plus âgée des deux, jolie blonde, ma foi, au regard
plein de douceur, visita minutieusement tous les coins et re-
coins de la tente; quand elle eut fini elle nous dit d'une voix
très-émue ; — « Ah! Messieurs les militaires, que vous avez
un triste sort, que vous êtes malheureux! »

— « Mais non, mademoiselle, vous voyez que nous avons
largement le nécessaire de l'existence; notre lit est un peu
dur, c'est vrai, mais beaucoup de gens dans le monde n'en
ont pas de plus doux après une journée remplie par un labeur
très-pénible; le sol de notre demeure n'est point recouvert,
comme l'arène de Rossignol-Rollin, par un tapis d'Aubus-
son; mais on y supplée avec de la paille fraîche ou de la fou-
gère verte qui croît à *indiscrétion* dans ces parages.

— « Oh! si, si, vous êtes bien à plaindre et bien malheureux!» —Elle y tenait; ses yeux commençaient à se mouiller
de grosses larmes et quelques secondes après elle versait une
véritable ondée! — « Adieu, mes pauvres messieurs, je vous
quitte, mais je vous promets de ne pas vous oublier dans
mes prières de chaque jour. »

Mon camarade, gros garçon jovial et bon enfant, lui dit
moitié sérieux, moitié riant :

— « Merci bien, ma chère enfant, de vos bonnes inten-
tions, mais je crains que vos prières n'influent en rien sur
les décisions du ministre de la guerre, et puis je crains aussi
que, d'un autre côté, le bon Dieu ne m'en veuille un peu de
l'avoir souvent négligé en pensant trop à ses anges terrestres
comme vous. Enfin, parlez-lui toujours de nous, ça ne peut
pas nuire. »

Cette arrière-petite-fille d'Héraclite s'en alla en essuyant
ses pleurs afin de prendre la voiture qui devait la reconduire
à St-Gaudens, son pays, où je lui souhaite de rencontrer un

digne militaire, *retour du service*, qui lui donne pendant une longue vie les consolations que mérite son cœur, si bon et si tendre, mais trop enclin, toutefois, à l'humidité.

Vendredi dernier, toutes les troupes ont exécuté une petite guerre à laquelle assistaient notamment plusieurs citadins d'Auch. Je doute fort qu'ils aient pu comprendre grand'chose à ce spectacle; aussi je vais, pour votre gouverne et la leur, vous faire un résumé succinct des opérations.

Voici le plan parfaitement conçu et ordonné par M. le général commandant en chef.

Un corps d'armée ennemie venant *de Montréjeau* marche *sur Tarbes* que les troupes du camp de Lannemezan sont chargées de couvrir en prenant position *en avant de Pinas*.

M. le général Béchon de Caussade, ayant sous ses ordres la compagnie du génie, le 19ᵉ bataillon de chasseurs à pied, le 52ᵉ régiment de ligne, le 1ᵉʳ régiment de hussards et une batterie montée, défend la position de Pinas.

Il fait occuper les hauteurs en avant de ce village en s'appuyant sur les fermes *Cassagnard*, *Barrère*, *Mousset* et *Tingues*.

La droite est gardée par le 1ᵉʳ de hussards, par l'artillerie et une troupe de soutien d'infanterie. La gauche doit également être surveillée.

Le corps d'armée ennemie, commandé par M. le général de division, se compose des 17ᵉ, 72ᵉ et 77ᵉ régiments d'infanterie de ligne, auxquels sont adjoints une batterie d'artillerie sous les ordres de M. le général de Roumejoux, le 10ᵉ régiment de chasseurs à cheval, le 8ᵉ régiment de lanciers, enfin une batterie à cheval, sous les ordres de M. le général de Brahaut.

Ce corps d'armée fait une démonstration sur la gauche de l'ennemi, attaque de front avec l'infanterie et la batterie montée la position en avant de Pinas et fait en même temps un mouvement tournant sur la droite des défenseurs avec la cavalerie et la batterie à cheval.

A cet effet, ces dernières troupes suivent le chemin du village de Cantalou, qui est parfaitement défilé des hauteurs de Pinas. Arrivée à un point où se trouve une mare entourée de cinq gros chênes, cette colonne fait à droite et se dirige sur la Save.

Elle passe cette rivière au moyen de deux gués situés à peu de distance l'un de l'autre, et, cet obstacle franchi, elle prend ses dispositions pour attaquer la droite des défenseurs de Pinas.

L'infanterie ennemie, aidée de son artillerie, chasse les défenseurs des positions en avant de Pinas. Ces positions et surtout le passage de la Save sont vigoureusement défendus.

Les défenseurs se trouvent ainsi refoulés dans Pinas. C'est à ce moment que la colonne ennemie exécutant le mouvement tournant fait son attaque de droite ; elle est reçue par le 1er hussards, l'artillerie et la troupe de soutien. Le succès de cette dernière attaque force les défenseurs à battre en retraite sur Lannemezan de peur d'être tournés.

La partie intéressante, pour les spectateurs de ce combat, a commencé au moment où le 1er de hussards, se voyant attaqué sur les hauteurs de Pinas, exécutait suivi de l'artillerie son mouvement de retraite pour aller se former en arrière de ce bourg, sur un terrain qui lui permettrait de lutter contre la cavalerie ennemie.

Dans ce but il a dû descendre la colline qui conduit jusqu'à la Save, passer cette rivière près de la route de Toulouse et traverser en colonne par quatre, au galop, tout le village, pour aller se reformer rapidement au point d'où il pourrait combattre. Afin de protéger la retraite des troupes défensives qui se repliaient en arrière de Pinas, plusieurs compagnies de chasseurs à pied et du 52e de ligne formaient une double ligne de tirailleurs sur la rive droite de la Save, ayant leurs compagnies de soutien sur la rive gauche. Cette rivière très-encaissée présente dans certains endroits des berges de douze à quinze pieds dont la pente est très-roide. Tous les points ont été admirablement défendus. La berge était couverte de tirailleurs obligés, parfois, de s'étayer les uns les autres pour pouvoir se tenir debout ; en outre, le terrain qui l'avoisine, bien boisé et très-accidenté, était hérissé de nombreux tirailleurs dont l'ennemi en arrivant pouvait à peine apercevoir le canon des fusils. C'est plaisir de voir l'aptitude de nos petits fantassins pour ce genre de guerre. Dès que les officiers ont ordonné la dispersion et indiqué la direction à suivre, chaque soldat sait trouver avec une rapidité merveilleuse l'endroit propice à le dissimuler à l'ennemi. Tout lui sert, murs de clôture, haies, troncs d'arbres, touffes d'herbe ; la moindre aspérité du sol est mise à profit pour se couvrir.

Ils prennent les postures les plus impossibles : les uns s'asseyent, les autres se mettent à genoux, se couchent à plat-ventre ou sur le côté, de manière à ne faire paraître que le canon du fusil, chargé de saluer l'ennemi. Après que la retraite a été exécutée, ces tirailleurs se replient avec la même adresse, soit en courant en zig-zag, soit en rampant sur les pieds et les mains.

Le corps sous les ordres de M. le général de Brahaut, ayant opéré son mouvement tournant, s'est trouvé en face du corps défensif placé entre lui et le camp de Lannemezan. Le 1er de hussards, soutenu par l'artillerie et la troupe de soutien a fourni successivement plusieurs charges contre les chasseurs et les lanciers qui arrivaient comme un flot envahissant; tout naturellement, malgré l'impétuosité de ses charges, il a été repoussé d'abord par le 10e chasseurs, superbement monté en chevaux de la plaine de Tarbes, qui évoluent comme une masse sombre et terrible, et puis enfin par les lanciers, qui présentaient dans le fond de la plaine un coup d'œil magnifique, avec leurs schapzkas renvoyant en reflets d'or les rayons du soleil, et leurs longues lances ornées de la flamme rouge et blanche qui les fait ressembler de loin à une forêt pavoisée. Ces régiments auxquels on pourrait peut-être reprocher de trop rappeler les chevaliers des antiques tournois et qui me font toujours songer à l'un des illustres pairs de Charlemagne, Roland,

> « ... Qui de sa grande gaule
> » Perçait jusqu'à trois ennemis
> » Et les portait sur son épaule, »

sont néanmoins fort beaux à voir et font un bel effet dans un tableau de bataille.

Et le combat finit, non par faute de combattants, mais aux accents des trompettes et des clairons qui sonnaient une paisible retraite *des dix mille*.

Je tiens à constater que, de l'avis de tous les gens compétents, l'organisation de la défense de Pinas fait le plus grand honneur à M. le général de Caussade qui, habilement secondé par les chefs de corps sous ses ordres, a fait le plus intelligent emploi des troupes qu'il commandait.

Chacun s'apprête ici à célébrer avec toute la pompe possible notre grande fête nationale du 15 août ; si elle offre quelque chose d'original et de curieux, je vous le raconterai dans une prochaine lettre.

A propos, pour clore celle-ci, je dois vous dire que je viens de voir une tour carrée, d'environ dix mètres de hauteur, qu'on élève à peu près au point central du camp, à deux cents mètres et en face de la source du Gers. J'ai demandé quelle était sa destination ; on m'a répondu qu'elle devait supporter une énorme lanterne (pas celle de Rochefort, qu'on relègue en certains endroits placés à cent cinquante pas en arrière du centre de chaque régiment, où elle se trouve à la place qui lui convient le mieux), et que cette lanterne, comme un phare au bord de l'Océan, était destinée à servir de point de ralliement aux militaires égarés le soir.... dans les vignes du Seigneur.

Si ce renseignement est exact, on pourra dire cette fois que le Génie aura eu une idée « lumineuse ! » Mille pardons ! ce n'est pas péché d'habitude ; je parle bien entendu, du jeu de mots et non du génie de l'idée ou de l'idée du Génie.

IV.

17 août 1868.

Je m'empresse de vous adresser quelques lignes, mon cher
ami, sous l'empire de la vive impression que me laisse encore
la fête du 15 août que nous avons célébrée avant-hier.

Malgré la pluie qui n'a cessé de tomber pendant la nuit de
vendredi, de nombreux visiteurs, dès le matin du samedi,
arrivaient déjà de toutes parts; le temps s'étant momentané-
ment mis au beau, la foule des étrangers n'a cessé de grossir
pendant toute la matinée et surtout au moment de la messe,
qui avait réuni autour de l'autel une agglomération con-
sidérable de curieux, tous désireux d'assister à cette cérémonie
religieuse rendue plus solennelle que d'habitude.

En effet, après que la messe a été terminée, un groupe de
chanteurs, pris dans les 17ᵉ et 52ᵉ régiments de ligne et
accompagnés par l'excellente musique du 17ᵉ, a entonné le
Te Deum.

Jamais cet hymne qu'on pourrait appeler le chant national
sacré de la France, — tant de fois il a retenti glorieusement
dans ce siècle pour célébrer nos victoires! — n'avait semblé
plus majestueux et plus imposant, ainsi que ce chant d'amour

d'un peuple religieux, le *Domine Salvum*, qui en est en quelque sorte le corollaire.

Le canon qu'on tirait de deux en deux minutes semblait joindre sa voix éclatante aux accords des voix humaines.

A l'issue de la cérémonie religieuse, toutes les troupes rangées en bataille, sur deux lignes immenses d'au moins un kilomètre de longueur, ont été passées en revue par M. le général commandant en chef, devant qui elles ont ensuite défilé : l'infanterie d'abord, puis l'artillerie et enfin la cavalerie.

On remarquait sur toutes les physionomies un air d'entrain, j'ajouterai même de satisfaction et de fierté; aussi, de chaque bataillon et de chaque escadron s'élevait un formidable cri de *Vive l'Empereur*, au moment où ils passaient devant le général. Les voix des officiers se confondaient avec celles des soldats pour témoigner hautement, à la face des populations, les sentiments d'affection et de dévouement dont l'armée entière est animée pour la dynastie napoléonienne, qui résume si bien, dans les fastes de son histoire, les splendeurs du drapeau tricolore, c'est-à-dire les gloires militaires, le bien-être et la grandeur d'un peuple !...

Tous ces cris d'un enthousiasme spontané et indépendant semblaient dire à l'Empereur : « Sire, soit qu'on voie monter » des nuages noirs à l'horizon politique; soit qu'on entende » frapper sourdement, dans les bas-fonds sociaux à l'intérieur, » la sape des révolutionnaires; quels que soient enfin les » ennemis du dehors ou du dedans qui osent jeter à la France » ou à l'homme de génie qui veille sur ses destinées la » menace ou le défi, appuyez-vous sur nous qui sommes le » peuple en armes ! Nous avons tous des cœurs vaillants et » des bras forts que les doctrines corruptrices n'ont point fait » défaillir, pas plus que le canon de Sadowa ne les a fait » trembler ! »

De quatre à cinq heures de l'après-midi, un repas, où la pitance de l'ordinaire avait été augmentée d'un rôt appétissant et de nombreux brocs d'un vin généreux, réunissait les soldats de chaque corps. Dans ces agapes militaires présidées par les officiers et les sous-officiers qui se font un véritable plaisir de trinquer avec les hommes sous leurs ordres, on voit régner la bonne humeur, la gaieté la plus cordiale. M. le général de Lorencez, qui a parcouru le camp pendant ce joyeux festival, a été accueilli par de nouveaux cris de *Vive l'Empereur !*

Le soir, les brillantes illuminations préparées ont été malheureusement contrariées par un orage épouvantable qui a éclaté vers six heures, au grand désappointement des masses de curieux qui n'ont cessé de sillonner le camp pendant toute la journée et qui étaient restés pour jouir du splendide coup d'œil qu'eût présenté infailliblement par une nuit sombre toute l'immense surface du camp couverte de lignes de feu traçant des arabesques capricieuses et originales.

On ne peut cependant pas dire que les illuminations soient tombées dans l'eau (puisqu'en réalité ce serait plutôt l'eau qui est tombée sur elles), car plusieurs fronts de bandières étaient, malgré tout, brillamment éclairés vers neuf heures du soir, et de temps en temps l'atmosphère s'illuminait sur nos têtes aux feux diaprés des fusées que l'artillerie lançait à de fréquents intervalles.

Quelques régiments avaient décoré le devant de leur campement d'une façon vraiment artistique qui eût produit le plus brillant effet avec les points lumineux des lanternes vénitiennes et des verres de couleur dessinant les contours des arcs-de-triomphe et des trophées.

Aussi je ne veux point laisser passer cette occasion de payer un juste tribut d'éloges au 19e bataillon de chasseurs à pied, qui avait élevé trois arcs-de-triomphe reliés par des guirlandes de verdure se rattachant au sommet des tentes et en faisant le tour.

Le 72e régiment de ligne se distinguait également par un arc-de-triomphe en style roman, avec trois ouvertures, surmonté d'un aigle colossal et décoré de nombreuses légendes, écussons, trophées d'armes, etc. Ce monument militaire qui avait à sa base un vaste escalier dont les gradins étaient recouverts de mousse, formait à lui seul un véritable ouvrage d'art; il avait été élevé et peint par deux soldats de ce régiment, tous les deux artistes décorateurs de Bordeaux; le reste du front de bandière était couvert de guirlandes soutenues par des faisceaux d'armes.

Un peu plus loin on voyait un énorme cartouche, supporté par des guirlandes et des colonnes de verdure enlacées avec une élégante simplicité, et sur lequel on lisait en grosses lettres d'or se détachant sur un fond noir :

LE 77^e

RÉGIMENT DE LIGNE

A

L'EMPEREUR.

L'artillerie avait aussi un très-bel arc-de-triomphe surchargé d'ornements parfaitement disposés.

Le génie avait élevé devant son front plusieurs colonnes dont chacune portait un trophée formé des instruments dont il se sert pour accomplir ses rapides travaux : pelles, pioches, scies, etc.

Enfin, la cavalerie elle-même qui, faute de temps, bien entendu, ne brille pas généralement par ses travaux de luxe, n'avait pas voulu rester complétement en arrière dans cette circonstance.

Le 8e lanciers avait son emplacement très-élégamment décoré avec ses lances plantées en terre et supportant des guirlandes de lanternes vénitiennes.

Le 1er de hussards avait préparé, de son côté, deux énormes groupes de verres de couleur, au milieu de couronnes et de guirlandes de verdure, qui eussent produit un brillant effet.

J'en passe; le temps me manque pour faire une plus ample description; je veux seulement constater que chacun avait tenu à montrer par des actes que l'amour de l'Empereur est ici dans tous les cœurs comme dans toutes les bouches.

En terminant cette lettre, j'ai à rectifier une erreur commise involontairement par moi dans ma précédente communication, à la suite de faux renseignements; je m'empresse de rétablir la vérité des faits.

La tour carrée dont je vous ai parlé, maintenant à peu près terminée, avec son sommet crénelé, ayant des drapeaux tricolores aux quatre angles, n'est point du tout destinée à servir de phare.

Ce monument, placé au centre du campement du 52ᵉ de ligne, a été élevé sous la direction d'un officier de ce régiment, aussi aimable qu'intelligent, M. de Dartein, qui dessine avec son crayon tous les endroits où il a combattu avec son épée; c'est une copie très-exacte, avec des ruines couvertes de mousse jaunâtre et de lierre rampant à sa base, de la tour de Valleggio, devenue célèbre dans l'histoire de nos campagnes d'Italie, surtout par les beaux faits d'armes du 52ᵉ, qui, deux fois, à plus d'un demi-siècle de distance, a conquis glorieusement dans le même lieu le droit d'inscrire ce nom en lettres d'or sur son drapeau.

Aussi, comment diable ai-je pu croire que le Génie..? Mais chut! Je me borne à mon humble rôle de narrateur sans me livrer à des commentaires plus ou moins indiscrets.

V.

25 août 1868.

Or ça, mon cher ami, vous qui avez une vieille expérience des hommes et des choses, tâchez donc de m'expliquer pourquoi le Mensonge a reçu en héritage le toupet de *Riquet à la houpe* pour passer la tête haute partout, et les bottes de sept lieues de l'ogre du *Petit Poucet* pour aller vite et loin, tandis que cette pauvre Vérité qui s'obstine à rester au fond de son puits oblige le peu de gens qui l'aiment et la cherchent à se pencher sur la margelle pour l'apercevoir? Voici, n'est-ce pas, un *pourquoi* bien indiscret qui pourrait servir de thème à une satire de Juvénal, à une comédie de Molière ou à un sermon du père Hyacinthe; aussi bien, je ne vous oblige point à me répondre autrement que par ce simple mot : *parce que.....*

Mais voici que je commence ma *cinquième*, comme un grand repas, par un hors-d'œuvre; c'est du reste la seule ressemblance, à moins cependant que quelque lecteur malin ne dise tout bas que souvent le hors-d'œuvre et le repas sont tous les deux indigestes.

N'importe ; je ne me suis pas embarqué dans les embarras de la digression qui précède, et qui semble complétement étrangère au sujet ordinaire de mes correspondances, sans m'être ménagé la ressource d'une transition toute naturelle qui m'amène à vous parler, pour les démentir, de tous les bruits absurdes qu'on a fait courir sur l'état sanitaire au camp.

Il n'est sorte de maladie dont nous n'ayons été atteints, sorte de maux dont nous n'ayons été accablés ; je crois même que la fièvre jaune était venue tout exprès des plages océa- niennes pour marquer d'un sinistre point noir l'emplacement du camp de Lannemezan.

Dès les premiers jours, nous avions été envahis par une armée de serpents ; les malheureux soldats, en nombre im- mense, piqués par ces animaux, tombaient foudroyés !

Et ce pauvre soleil, combien d'insolations ne lui a-t-on pas imputées ; puis, les chutes de cavaliers dont on voit encore épars, à travers la lande, les bras et les jambes brisés !

Or, voici le vrai dans tout cela, — je me suis penché sur la margelle pour bien voir, — c'est qu'on peut prendre dans n'importe quelle partie de la France une fraction de dix mille individus, je ne crois pas qu'il soit possible d'en trouver une où le nombre de malades soit inférieur à celui des troupes du camp. L'état sanitaire est aussi bon qu'il puisse être ; les quelques hommes aux ambulances sont atteints de maladies sans gravité et, tous à peu près, pourront partir avec leur régiment.

Quant aux rares chutes qui ont été occasionnées soit par les accidents de terrain, soit par l'effondrement des tour- bières, je pourrais affirmer qu'il y a eu depuis le commence- ment des manœuvres tout au plus deux ou trois cavaliers qui n'ont pu se relever immédiatement et s'en retourner à cheval.

Je serai bien heureux si ces lignes peuvent tomber sous les yeux de quelque femme au cœur tendre, mère, sœur ou amie, qui aura peut-être versé plus d'une larme en cachette sur tous les maux imaginaires dont les colporteurs de fausses nouvelles nous ont gratifiés sans que nous nous en portions plus mal, Dieu merci !

Cependant, pour résumer les impressions avec impartialité, je dois dire que chacun voit approcher avec un certain plaisir l'époque fixée pour la levée du camp, car, en réalité, la vie sans être très-dure, n'a rien de bien attrayant ici, surtout avec le ciel grisâtre et pluvieux dont les teintes sombres et tristes se reflètent un peu sur les esprits depuis quelques jours.

Nos généraux profitent des éclaircies, encore assez fréquentes, pour achever l'instruction des troupes, afin de pouvoir présenter les résultats de notre séjour ici, qui seront incontestablement satisfaisants.

L'armée étant organisée en vue de la guerre, bien que cet état ne soit qu'accidentel dans la vie des nations, il est logique de l'y préparer le mieux possible; or, on ne peut nier que les régiments qui ont passé quelques mois dans un camp sont dans d'excellentes conditions pour entrer en campagne.

Les soldats sont plus aguerris, plus aptes à supporter la vie en plein air et les longues marches; ils savent mieux tirer parti de leur arme et j'ajouterai des ressources de leur imagination, sans compter qu'ils prennent plus de confiance dans leurs chefs, et ce côté tout moral est assurément, vous le savez, une des forces actives de toute armée.

L'école du camp, très-bonne pour le soldat, l'est peut-être encore davantage pour les officiers, à tous les degrés de la hiérarchie. C'est un art plus difficile qu'on ne pense, celui de faire mouvoir avec ordre ces grandes masses d'hommes qu'une erreur peut parfois coucher dans la poussière, et ce n'est pas trop d'une étude constante et approfondie pour accepter une aussi lourde responsabilité.

Indépendamment de ces grands mouvements, de ces habiles combinaisons stratégiques qui règlent l'ensemble d'une opération militaire et qui sont le privilége exclusif du commandant en chef, il y a place pour mille détails pouvant exercer une grande influence sur le résultat final, détails qu'un général ne peut ni prévoir, ni commander, et qui, par suite, sont nécessairement livrés à l'intelligente initiative des officiers sous leurs ordres.

Sous ce rapport encore, les simulacres de petites guerres que nous faisons ont une grande utilité pratique. Chacun s'exerce à comprendre et à faire exécuter rapidement les ordres qu'il reçoit, à saisir le moment et le point favorable pour utiliser ses forces, à prévoir les dangers à éviter, les résolutions à prendre, à maîtriser enfin les entraînements de la nature, quelquefois aussi dangereux que l'irrésolution et le manque d'énergie, mais, dans tous les cas, toujours plus excusables.

Et puis, on sent dans les camps un souffle guerrier qui fait passer dans nos fibres françaises je ne sais quel frisson belliqueux, quel amour de la gloire, quel vague désir de combat, qui devraient bien donner à réfléchir à tous ces buveurs de bière qui, de l'autre côté du Rhin, font trop impunément les bravaches à notre égard.

Ah! Messieurs, Messieurs, nous aimons encore l'odeur de la poudre, et les lauriers d'Iéna nous font envie.

Quelques Français dégénérés ou quelques malheureux aveuglés par des passions et des haines insensées vous ont dit peut-être que le chauvinisme était mort en France, et que notre bravoure, reconnue par le monde entier, n'était plus qu'un souvenir historique; n'en croyez rien.

Notre Empereur nous connaît bien, lui; il sait bien que le jour où, sortant de sa calme grandeur, il ferait flotter le drapeau des batailles et montrerait, avec l'épée de Solférino, la frontière de l'Est, toute cette fière, ardente et vigoureuse jeunesse de France courrait aux armes et se grouperait compacte, menaçante et terrible, autour de l'aigle impériale!...

Encore un détail bon à noter : si nous avons soif de gloire, nous pouvons de toutes façons nous abreuver maintenant, puisque notre ministre des finances vient de retrouver sur notre sol béni de Dieu les sources du Pactole.

Mais je crois, Dieu me pardonne, que je galope en plein sur le terrain dangereux de la politique, je m'échappe au plus vite pour rentrer dans les sentiers humides du camp, où une pluie obstinée retient tout le monde caché sous la tente.

La seule et unique consolation, dans cette triste extrémité, est de s'asseoir avec quelques camarades autour d'une table de whist pendant les soirées qui deviennent de plus en plus longues, à moins qu'on ne préfère aller au Café Impérial qui a la bonne fortune de posséder en ce moment deux excellents artistes, M. et Mme Bousquet, chanteurs comiques fort connus, dont le répertoire excentrique est fait pour dérider les fronts les plus sombres.

Ces deux artistes devant très-probablement faire une prochaine apparition dans votre cité, je me plais à leur réserver ici une mention toute particulière.—M. Bousquet est un comique achevé, surtout dans certaines scènes auvergnates qu'il rend avec une vérité *caricaturale* très-désopilante. Il a en outre de l'esprit d'à-propos et improvise facilement des vers drôlatiques qui ont tout à la fois la rime et la raison.

Quant à Mme Bousquet, c'est une petite personne mignonne avec un gentil sourire et des yeux noirs pleins de damnations; tour à tour tendre et mélancolique, balocheuse endiablée, grisette jusqu'au bout des ongles, élégante et fière comme une marquise de la Régence, gamin espiègle, canotier enragé, vrai pifferaro napolitain, — mais toujours gracieuse, aimable, applaudie et digne de l'être.

Je reviens à nos moutons, non, à mes Chassepot, pour vous annoncer que vendredi 28 et mardi prochain, 1er septembre, nous allons exécuter une opération avec feux à poudre dans la jolie vallée de la Neste. Une partie des troupes ira de très-bonne heure établir un bivouac, avec ses petites tentes, ses cuisines, ses grand'gardes, ses postes avancés, enfin une installation complète, comme en rase campagne. L'autre partie des troupes simulant l'ennemi viendra faire une démonstration hostile et obligera les premières à se mettre rapidement en état de défense pour pouvoir lever le bivouac avec ordre et promptitude.

Nous allons faire là une excursion à travers un pays très-pittoresque qui m'inspirera peut-être une sixième lettre plus gaie que celle-ci.

L'arrivée de l'Empereur, donnée comme certaine par les journaux circonvoisins, n'est encore qu'une grande espérance pour nous qui serions pourtant si heureux de l'acclamer et de lui montrer que le camp de Lannemezan n'est pas trop inférieur à son frère aîné, le camp de Châlons.

10 septembre 1868.

Depuis ma précédente lettre, le soleil ayant reparu à l'horizon, notre camp a repris son aspect animé, surtout pendant les soirées qui sont délicieuses; les matinées sont également fort agréables, aussi voit-on, quand une relâche de travail le permet, de nombreux groupes partir de tous côtés, pour aller explorer les magnifiques vallées qui entourent le plateau, les uns avec leurs fusils pour faire la guerre aux cailles, bécasses, lièvres, etc.; les autres avec des engins de pêche pour attraper de succulentes truites de la Neste, ou prendre quelques centaines d'écrevisses qui sont en très-grande quantité dans tous les affluents de cette rivière.

On fait ainsi de charmantes parties de campagne à travers un pays aux sites pittoresques, pleins de fraîcheur et d'ombrage; sans compter que cette vie active, insouciante et joyeuse, est éminemment propre à entretenir la bonne santé du corps et de l'esprit, car tout le monde sait combien le *spleen* peut engendrer de maladies; tandis qu'au contraire la bonne humeur et les plaisirs sans dévergondage sont une des meilleures panacées contre les fièvres et autres visiteuses désagréables de notre individu.

Nos généraux connaissent bien l'influence hygiénique des distractions sur l'état sanitaire d'une armée; aussi favorisent-ils tout ce qui peut en procurer. Vous savez, au moins par ouï-dire, combien nos soldats sont ingénieux pour cela. Le théâtre des zouaves en Crimée est devenu historique; les théâtres des camps de Châlons et de Sathonay sont connus de tous les touristes, et même des gens sédentaires par les gravures de nos journaux illustrés. En Afrique, j'ai vu également de ces théâtres où se jouait sans trop d'infériorité le répertoire du Palais-Royal, en plein désert, à trente lieues de toute habitation européenne, quelquefois sous la protection des grand'gardes, chargées d'empêcher d'audacieux révoltés de venir interrompre à coups de fusils les représentations.

Là, depuis le général en chef jusqu'au simple soldat, chacun venait le soir rire d'aussi bon cœur que s'il avait payé au contrôle une loge d'avant-scène ou une banquette du paradis.

Le camp de Lannemezan, commencé un peu tard et ayant nécessité beaucoup de travaux pour l'approprier aux besoins absolus, n'a pu être doté de son théâtre militaire.

Un régiment a comblé en partie cette lacune par l'installation d'une scène plus modeste, mais très-coquettement décorée, avec un répertoire spécial, laissant une large part à l'esprit de l'impresario, qui n'est pas le moins amusant.

Le 72ᵉ de ligne, dont j'ai déjà décrit succinctement le bel arc-de-triomphe qui orne son front de bandière, a monté un théâtre de Guignol, où l'on donne, les jeudi et dimanche, une représentation dans l'après-midi pour la troupe et une le soir des mêmes jours, à huit heures, destinée exclusivement à MM. les officiers de tous les régiments du camp, qui trouvent là, indépendamment d'une joyeuse comédie, un accueil aimable de la part de leurs camarades qui font les honneurs de leur cercle avec une urbanité charmante dont le colonel s'empresse de donner l'exemple.

Vous savez comment sont faits les théâtres de marionnettes : une grande boîte de trois mètres de hauteur sur un de largeur et deux ou trois de profondeur; celui-ci ressemble à tous les autres, avec la différence qu'il est peint très-artistement, et qu'il est surmonté par un énorme pierrot, qui fait un fronton plein de couleur locale pour ce petit temple de Momus.

L'orchestre est composé d'une vingtaine d'excellents musiciens. Quand la musique se tait, on entend tout-à-coup s'élever derrière la boîte de Guignol, d'un endroit non éclairé, des voix fraîches chantant avec un ensemble parfait des chœurs qui sont comme ceux du ménestrel de la *Dame Blanche*, des refrains d'amour et de guerre, avec je ne sais quelle saveur des montagnes qui leur donne un charme tout particulier.

Quand on a frappé les trois coups et levé la toile, paraît Guignol avec sa troupe qui jouent d'abord une pièce *sérieuse*, en 4 ou 5 actes. Après cela viennent les pièces excentriques où Guignol se trouve dans son véritable élément; il donne un libre cours à sa verve dans le *Journal du camp de Lannemezan*, où j'ai pu recueillir l'anecdote suivante, au milieu d'une douzaine d'articles du même acabit; c'est Guignol qui lit:

— « Hier au soir un incendie s'est déclaré au café Impérial par l'inflammation spontanée d'un bol de punch; déjà de tous côtés on cherchait des cloches pour l'éteindre et des pompes pour sonner le tocsin, lorsqu'un sergent du 72ᵉ s'armant d'une soif héroïque, s'est élancé sur le bol, l'a éteint et avalé en un temps et trois mouvements. Grâce au dévoûment de ce sergent, les cerveaux faibles des petits crevés du café ont été préservés d'un grand danger. »

On entend aussi Guignol charlatan; sa recette pour composer le remède contre tous les maux est un amalgame de coq-à-l'âne, de calembours et de cocasseries désopilantes.

La représentation se termine par un quadrille final, dansé par toute la troupe. Comme vous le supposez bien, ce quadrille n'est autre chose que cette danse dont le nom se compose de trois lettres répétées deux fois qu'on n'ose pas encore écrire dans une feuille décente, bien qu'elle soit connue de tout le monde. On voit là-dedans ce que la chorégraphie a inventé de plus comique, de plus échevelé, de plus excentrique, de plus dévergondé; il y a surtout un gendarme en belle humeur avec une maritorne, dont les faits et gestes dans le galop final, éclairé par des feux de Bengale, sont le suprême du genre et font rire aux larmes.

Si j'avais assez d'espace, je vous raconterais l'histoire de Guignol Ier, un type essentiellement français, créé par un canut de Lyon, qui possédait avec l'esprit de Rabelais la bonhomie de La Fontaine.

Pendant trente ans, ce pauvre grand homme du ruisseau a fait tous les soirs au café du Caveau, très-connu par la population lyonnaise, des revues de tous les événements, pour le moins aussi spirituelles que celles de Rochefort, mais sans méchanceté, sans le fiel qui déborde et salit chaque page.

Guignol faisait sa critique à la barbe des sergents de ville, qui riaient comme tout le monde en l'écoutant gouailler et frapper avec sa trique inoffensive sur les rétifs de l'époque.

Beaucoup de grands personnages ne craignaient pas d'aller de temps à autre passer une soirée à écouter les lazzis, les bons mots, les fines allusions débitées dans le patois des canuts par cet excellent Guignol. Je me le rappelle bien lorsqu'il avait des *pécuniaux* et pouvait faire une bonne *lichaison* avec son ami Gnafron; on riait à se tordre de 8 à 10 heures du soir dans le sous-sol du caveau.

On compte trois véritables types de pantins : l'Orient a Karagouss; l'Italie, Pulcinello, et la France, Guignol.

Chaque personnage de cette trilogie grotesque peint le fond de l'esprit et des mœurs du peuple qui l'a créé.

Karagouss est paresseux, jaloux et obscène; c'est la société musulmane dégénérée et abrutie par la polygamie. Pulcinello est aux prises avec le diable, les bandits et les chevaliers amoureux; c'est le monde du moyen-âge, superstitieux, aventurier et galant.

Guignol, c'est le français moderne, gouaillant son patron au cabaret, mais dévoué et respectueux près de lui; blaguant le gendarme par derrière et tremblant quand il aperçoit le tricorne; lisant les journaux, faisant la noce, parlant politique et battant quelquefois sa femme tout en mettant leurs intérêts en commun; mais en somme, bon diable, hospitalier, serviable et facile à gouverner quoique frondeur.

J'ai beau chercher, je ne trouve pas de transition possible pour arriver à vous parler de notre installation de bivouac annoncée dans ma précédente lettre ; j'y arrive donc *ex-abrupto*.

C'a été, en effet, une excursion vraiment ravissante, qui réunissait tout à la fois le charme pittoresque d'une belle partie de campagne à l'intérêt d'une opération militaire; aussi avons-nous pris plus de plaisir encore que les dix à quinze mille spectateurs qui nous entouraient.

Conformément aux ordres donnés, la compagnie du génie, le 19e bataillon de chasseurs à pied, le 17e, le 52e de ligne, une batterie montée et le 1er de hussards, sous les ordres de M. le général de Caussade, quittaient leur campement de Lannemezan, à 7 heures du matin, emportant avec eux les petites tentes, les ustensiles de cuisine, et la cavalerie, ses cordes d'attaches, piquets, entraves, haches, maillets, etc.

Le temps était splendide ; un vrai soleil de jour de fête ruisselait sur la campagne, et une brise légère qui descendait des Pyrénées rafraîchissait l'air sans soulever la poussière des routes.

Après avoir descendu la côte rapide qui, passant sous une forêt de grands chênes conduit du plateau à Labarthe, chaque régiment traversait, musique en tête, ce village aux allures aristocratiques, au milieu des flots de curieux, arrivés déjà depuis l'aurore et qui attendaient de suivre notre direction.

Le petit corps d'armée prenant différents chemins à la sortie du village s'engage à travers cette belle vallée de la Neste, qui ressemble à un vaste jardin de plaisance tant il y a de prairies vertes et plantureuses, d'arbres touffus, de ruisseaux limpides et de villages coquets.

Après une heure et demie de marche, nous arrivons au pied d'un petit mamelon qui, s'étayant sur les premiers chaînons des Pyrénées, va en s'allongeant du sud au nord.

La cavalerie gravit les pentes abruptes de ce monticule dont le sol ressemble à celui des landes.

Le 1er de hussards arrivé au point culminant s'établit sur la crête. En un quart d'heure tous les chevaux sont attachés sur deux longues lignes parallèles; les tentes des hommes, également sur deux lignes placées entre les rangées de chevaux, sont dressées et alignées; à côté de chacunes d'elles sont réunis en faisceaux les différents objets d'équipement, d'armement et de coiffure des hommes.

Tout cela était fait, installé avec une rapidité qui tenait du prodige; les gens du métier reconnaissaient facilement que ce régiment, rentré d'Algérie depuis quinze mois, avait conservé l'habitude de camper rapidement et confortablement acquise pendant les trois années qu'il a passées à planter ses tentes des bords de la Méditerranée aux plaines sablonneuses et arides du Sahara.

Chaque homme ayant apporté un petit paquet de menu bois sec, pendant que les uns mettent la dernière main au montage des tentes et préparent le repas des chevaux, les autres ont creusé des trous à vingt-cinq mètres en avant du front de bandière, bâti les fourneaux au moyen de quelques pierres, allumé les feux et font bouillir l'eau pour préparer le café qui forme la partie essentielle des repas d'une troupe au bivouac.

L'infanterie arrivée peu après s'établit à mi-côte en s'étendant autour du mamelon.

Pendant que tout cela s'arrange, le général et les chefs de corps ne sont point oisifs; il faut se garder des surprises de l'ennemi au moyen des grand'gardes que l'infanterie dissémine sur tous les points qui peuvent donner accès au bivouac et la cavalerie par ses vedettes à cheval.

A dix heures, l'installation étant complète sous tous les rapports, les officiers d'un côté et la troupe d'un autre se groupent pour le déjeuner.

M. le général de Caussade réunit à sa table tous les officiers supérieurs.

Dans chaque régiment les popotes d'officiers sont placées sous des bouquets d'arbres qui se trouvent au sommet et à la base du mamelon. Les fourgons du train, mis à leur disposition, sont arrivés portant des comestibles pour faire un joyeux festival. Tout le monde a de l'appétit et de la bonne humeur. On mange, on boit, on rit, on fume, on cause, le tout au grand ébahissement des milliers de curieux qui font cercle autour de nous.

Après un déjeuner copieux on savoure son café, la conversa-

tion devient vive et animée, car il y a là, tout près, des bouches
bien roses qui nous sourient et des yeux bien noirs qui nous
regardent. Les musiques réunies sur différents points font
retentir de joyeux accords. Les dames du demi-monde viennent serrer la main à leurs connaissances; allons, vierges fol-
les, videz vos verres de champagne, Annibal s'endort aux
portes de Capoue, en place pour le quadrille...

Boum!!... Une pièce d'artillerie placée au-dessous d'Escala, en face et à deux kilomètres de nous, envoie le premier
salut de l'ennemi; la fusillade commence, *el-barrout kelam*, la
poudre parle comme diraient les Arabes, nos petits postes ont
aperçu l'ennemi qui arrive en tapinois, l'infanterie par les
chemins que nous avons suivis et les deux régiments de cavalerie avec une demi-batterie sur notre droite, par Tuzaguet
et Bilhous.

Branle-bas au bivouac; tout le monde est à son poste,
calme et froid.

En un clin-d'œil tout est ramassé, replié, enlevé, nos
fantassins sont debout, sac au dos, l'arme au bras; les
cavaliers sont montés sur leurs chevaux arabes qui hennissent
et piaffent impatients comme s'ils avaient compris le signal
de la bataille; nos artilleurs ont pris au galop leurs positions
et se tiennent prêts à faire feu au commandement.

Il est une heure de l'après-midi; voici le tableau qui se
déroule sous nos yeux.

Devant nous la vallée qui va en s'élargissant sur notre
droite; sur les pentes du plateau de Lannemezan qui se trouve
à peu près au même niveau que nous, on voit les villages de
Labarthe, Escala, Tuzaguet; de ce côté, Montoussé qui s'étend
à la base du mamelon.

A notre gauche, les Pyrénées qui vont en s'étageant jusqu'à
ce qu'elles coupent l'horizon; plus près de nous s'élèvent trois
petits pics, dominant la position que nous occupons; sur
chacun d'eux on voit se profiler la silhouette d'une vedette à
cheval, le fusil sur le haut de la cuisse, immobile comme une
statue équestre malgré le chaud soleil de midi qui la fait
ruisseler. Ces hommes qui ont pour mission d'observer toutes
les vallées qui nous environnent et dans lesquelles leur regard
attentif peut fouiller pour éviter toute surprise de l'ennemi,

sont d'une grande utilité pour garder le bivouac; ils ont été placés sur les indications précises de M. le colonel du 1er hussards.

Derrière nous, un vallon étroit et profond sépare le terrain que nous occupons d'un pic beaucoup plus élevé que le nôtre sur lequel se dressent les ruines noires du château de Montoussé; on distingue une tour carrée, un pan de muraille avec une porte cintrée à travers laquelle on voit un coin de ciel gris, ce qui la fait ressembler à un grand œil fauvé ouvert sur la campagne mollement assise aux pieds de ce géant.

Tout autour de ce vieux manoir féodal qu'on ne peut aborder à cheval, tant le roc sur lequel il est bâti a des pentes abruptes, rocailleuses et arides, on aperçoit une immense quantité de spectateurs assis sur des tronçons de tours, sur des pierres égrenées par le temps, dans les anfractuosités du rocher, partout enfin où l'on peut trouver un coin pour s'asseoir en se cramponnant; il me semblait voir les ombres des antiques vassaux sortant des ruines et se groupant autour de leurs suzerains pour contempler en tremblant ce monde nouveau qui venait troubler le repos de leurs mânes et les arracher à leur éternelle léthargie.

Sur la droite, au bas du château, on voit poindre timidement à travers les aspérités de la montagne le clocher de Montoussé; on dirait qu'il n'ose pas encore lever la tête en face du terrible castel qui plane comme un vautour affamé au-dessus des faibles et laborieuses populations de ces montagnes.

Tous les chemins par lesquels on peut aboutir à notre bivouac sont remplis de soldats dont les armes étincellent; nous sommes attaqués et cernés de tous côtés; heureusement que tout autour du monticule s'étend comme une ceinture rouge et bleue notre infanterie qui se prépare à la défense.

Au bout d'un quart d'heure, le combat est engagé sur toute la ligne; nous sommes dans un cercle de feu; les pièces de canon placées aux quatre points cardinaux nous foudroient; notre artillerie, inférieure en nombre, se multiplie pour riposter; les régiments attaqués luttent énergiquement; les feux de peloton, de tirailleurs se succèdent sans interruption; ces détonations formidables et incessantes se répercutent dans les montagnes qu'on croit entendre s'ouvrir avec d'épouvantables craquements.

Les chasseurs à pied combattent avec leur énergie habituelle pour barrer le passage à la cavalerie ; les 72ᵉ et 77ᵉ de ligne attaquent à la baïonnette et grimpent de notre côté au bruit de leurs tambours et de leurs clairons qui battent la charge ; les défenseurs du bivouac se replient, se couchent derrière les ondulations du sol, et accueillent les assaillants par des feux roulants qui seraient terribles.

Les chasseurs à cheval ont pu se frayer un passage pendant que les lanciers déblayent le village de Montoussé; ils tournent la position et font irruption sur notre gauche par un mouvement très-habilement dirigé par M. le général Brahaut, qui les commande.

Les milliers de curieux qui couvrent le sol sont saisis d'une panique vraiment drôle quand le 1ᵉʳ hussards, qui jusque-là était resté stoïquement impassible, met le sabre à la main et se porte rapidement au-devant des chasseurs, qui ont néanmoins réussi à gravir le plateau. La cavalerie ne pouvant guère évoluer, et encore moins faire des charges sur un terrain avec des pentes roides et très-accidenté, s'est contentée de faire une démonstration pendant laquelle les spectateurs des deux sexes, se croyant pris entre les escadrons, se bousculent, tombent, roulent sur les pentes glissantes et se relèvent en riant de leur peur.

Enfin le signal de la retraite est donné, au grand contentement des amis et des ennemis, dont le gosier s'est desséché dans le feu du combat et qui se font un plaisir de se serrer la main et de se passer la gourde ou le bidon pour se désaltérer.

A cinq heures toutes les troupes étaient rentrées dans leurs campements respectifs, un peu fatiguées peut-être, mais enchantées de cette belle journée, qui restera dans nos souvenirs comme une des plus agréables que nous ayons passées ici.

VII.

17 septembre 1868.

Cette lettre sera probablement, mon cher ami, la dernière de mes causeries sur le camp de Lannemezan, dont nous allons nous éloigner incessamment et qui va redevenir, après notre départ, la plaine nue et solitaire où restera cependant, comme souvenir de notre passage, la tour du 52ᵉ de ligne et une pyramide surmontée d'un buste de l'Empereur Napoléon III, qui a été élevée par le 47ᵉ.

J'ai essayé dans cette correspondance écrite sans prétention, familièrement, aux heures de loisir sous la tente, de vous initier, ainsi que les personnes qui ont bien voulu me lire, aux *secrets* de notre existence peu connue par les gens étrangers à la carrière militaire.

Je vous ai également fait assister de votre chambre à coucher (car je suppose que vous me lisez le soir pour appeler le sommeil) à quelques parties de nos grandes manœuvres; j'ai omis sans doute dans mes récits des détails curieux, des épisodes intéressants, d'intelligents mouvements exécutés par tel ou tel régiment; mais ayant moi-même mon rôle à jouer dans ces scènes militaires, j'ai dû rester à la place que m'assignait le réglement et, n'étant point doué des cent yeux d'Argus, il m'a été impossible de tout voir et de tout raconter; j'en exprime ici mes regrets.

Dans tous les cas, je n'ai rien dit qui ne fût vrai dans l'ordre des faits matériels. — Quant aux appréciations et aux impressions, elles sont, vous le comprenez parfaitement, toutes personnelles.

Si j'avais eu un cadre plus étendu et plus de temps, j'aurais bien voulu vous parler un peu du drapeau de chaque corps, dont quelques-uns, comme de glorieux mutilés, étalent avec un noble orgueil leurs splendides oripeaux, le dimanche, autour de l'autel; mais cela eût nécessité des recherches que je ne pouvais guère faire avec succès.

Après bien des nouvelles erronées, nous avons eu enfin la suprême satisfaction de recevoir la visite de l'Empereur. Tout le monde s'était préparé pour le fêter aussi brillamment que possible. Les arcs-de-triomphe du 15 août s'étaient parés à neuf, s'ornant de fraîches guirlandes. On en a élevé également de nouveaux. Le camp avait complétement repris son air de fête.

La petite ville de Lannemezan, si tourmentée depuis deux mois dans ses paisibles habitudes, s'était transformée et s'épanouissait dans la verdure; des banderoles flottantes et des drapeaux tricolores pavoisaient chaque fenêtre.

Elle a eu bien raison, cette ville, de participer à notre fête militaire, car c'est un avenir de prospérité qui vient de s'ouvrir pour elle; c'est le mouvement, la vie et la richesse que le camp lui apportera probablement chaque année; c'est aussi la fécondation de ses landes improductives auxquelles manquait l'engrais qui s'entasse sur les rives de ses jolis ruisseaux.

Le ministre de la guerre, arrivé le 15, a visité le campement de chaque régiment dans l'après-midi; en recevant chaque corps d'officiers, il leur a adressé quelques paroles qui prouvaient combien Son Excellence possède à fond toutes les questions concernant les détails si nombreux de son ministère; il a surtout montré les difficultés de l'art de la guerre et la responsabilité de chacun, nous engageant à un travail continuel pour que l'armée française reste grande et forte par le courage et le savoir.

S'il m'avait été permis de répondre à ces paroles aussi judicieuses que bienveillantes, peut-être eussé-je exprimé le regret de ce que trop souvent encore on n'encourage pas assez ceux qui aiment à travailler, en ne tenant pas suffisamment compte de la valeur intrinsèque des individus dans les propositions d'avancement au tour du choix.

Je ne veux certes pas perdre ma voix dans le désert à faire de la critique et fulminer contre le favoritisme; c'est chose malheureusement passée dans les mœurs en France, malgré qu'il soit, partout où il règne, une cause de découragement et d'affaiblissement; d'abord parce qu'il sert de retranchement à beaucoup de jeunes intelligences qui ont besoin d'excuse à leur paresse, et parce qu'ensuite il tue dans son principe le seul véritable mobile des grandes choses : l'émulation.

L'Empereur arrivé hier, mercredi, vers deux heures, est reparti le soir après nous avoir passés en revue et distribué un certain nombre de décorations en présence de tous les drapeaux réunis.

Encore quelques croix de plus sur des poitrines bien dignes de les porter, car tous ces hommes, heureux de recevoir de la main du Souverain la récompense de leurs longs services, considèrent l'honneur comme un culte sacré, l'amour de la France et le dévouement pour tout ce qui peut assurer sa grandeur, comme un devoir absolu. Aussi, c'est avec un bien grand plaisir que le soir, dans chaque corps, on a donné l'accolade fraternelle aux nouveaux chevaliers.

Jamais certainement Sa Majesté n'a passé au milieu d'une foule plus dévouée, plus respectueusement enthousiaste que celle qui se pressait sur l'immense plateau de Lannemezan. Pendant deux heures ce n'a été qu'un long cri de: Vive l'Empereur!

J'ai rencontré il y a quelques jours, en chemin de fer, le maire d'une petite ville des environs, homme profondément honorable et très-intelligent, qui me disait en parlant du voyage de l'Empereur, probable à ce moment : « Si je savais que Sa Majesté s'arrêtât seulement deux minutes en passant à notre gare, je n'aurais qu'à faire un signe pour réunir au-

tour de moi les trente-deux maires du canton suivis de tout
ce qu'ils ont de population valide, afin de pouvoir lui dire :
« Sire, nous sommes à vous ! »

Je n'ai jamais lu encore de discours plus éloquent et qui
peigne avec plus de sublime simplicité l'amour et le dévouement de toute une contrée pour la dynastie napoléonienne;
les bons habitants de la Bigorre ont bien montré que ces
paroles étaient vraies.

Déjà les tentes s'abattent, le sol se nivelle et chaque matin
quelque colonne s'éloigne en jetant un dernier regard sur la
plaine verte et sur les Pyrénées grisâtres qui assistent dans
leur éternelle immobilité au défilé des générations.

Avant de se quitter, on va dans chaque régiment donner
une dernière poignée de main et adresser un adieu sympa-
thique aux bons camarades qu'on a rencontrés après une
longue absence, ou dont on a fait la connaissance dans les
nombreuses circonstances où l'on a pu se rencontrer.

C'est un des beaux côtés de la carrière militaire que cette
camaraderie franche, cordiale et sincère qui commence souvent sur un terrain de manœuvre et se termine sur un
champ de bataille. — Bon voyage et bonne chance à tous !

En rentrant avec un certain plaisir dans nos quartiers d'hiver, nous emportons le meilleur souvenir des deux mois passés ici dans un pays sain, au milieu de sites pittoresques,
entourés de populations hospitalières, et commandés par des
chefs pleins de sollicitude et de bienveillance, que nous avons
appris à connaître et à aimer.

L'infanterie, après ses expériences de tir faites de la façon
la plus complète dans ces vastes horizons, s'en va pleine de
confiance dans ses nouvelles armes, et les gens de guerre
savent ce que cette confiance ajoute de valeur morale à une
armée.

L'artillerie s'est confirmée dans sa force terrible.

Quant à la cavalerie, qui depuis quelques années a trouvé
de nombreux détracteurs, elle a prouvé toute sa vigueur,
toute son utilité pratique, surtout dans une guerre offensive.

Je ne voudrais blesser les susceptibilités de personne; mais
je crois traduire l'expression d'une conviction unanime en
disant que les chevaux arabes du 1er de hussards, ont montré,

d'une manière incontestable, leur supériorité sur les chevaux français pour supporter les intempéries du bivouac et les fatigues des longues marches, en même temps que leur ardeur, leur fougue au combat et leur docilité à la manœuvre, ce qui les rend, par conséquent, plus aptes à faire une campagne sous n'importe quel climat.

Un général a pu dire en toute connaissance de cause en les montrant : « Voici la cavalerie de l'avenir. » — Ainsi soit-il !